Disney · PIXAR

光年正傳

LIGHTYEAR

新雅文化事業有限公司
www.sunya.com.hk

太空司令部

巴斯光年

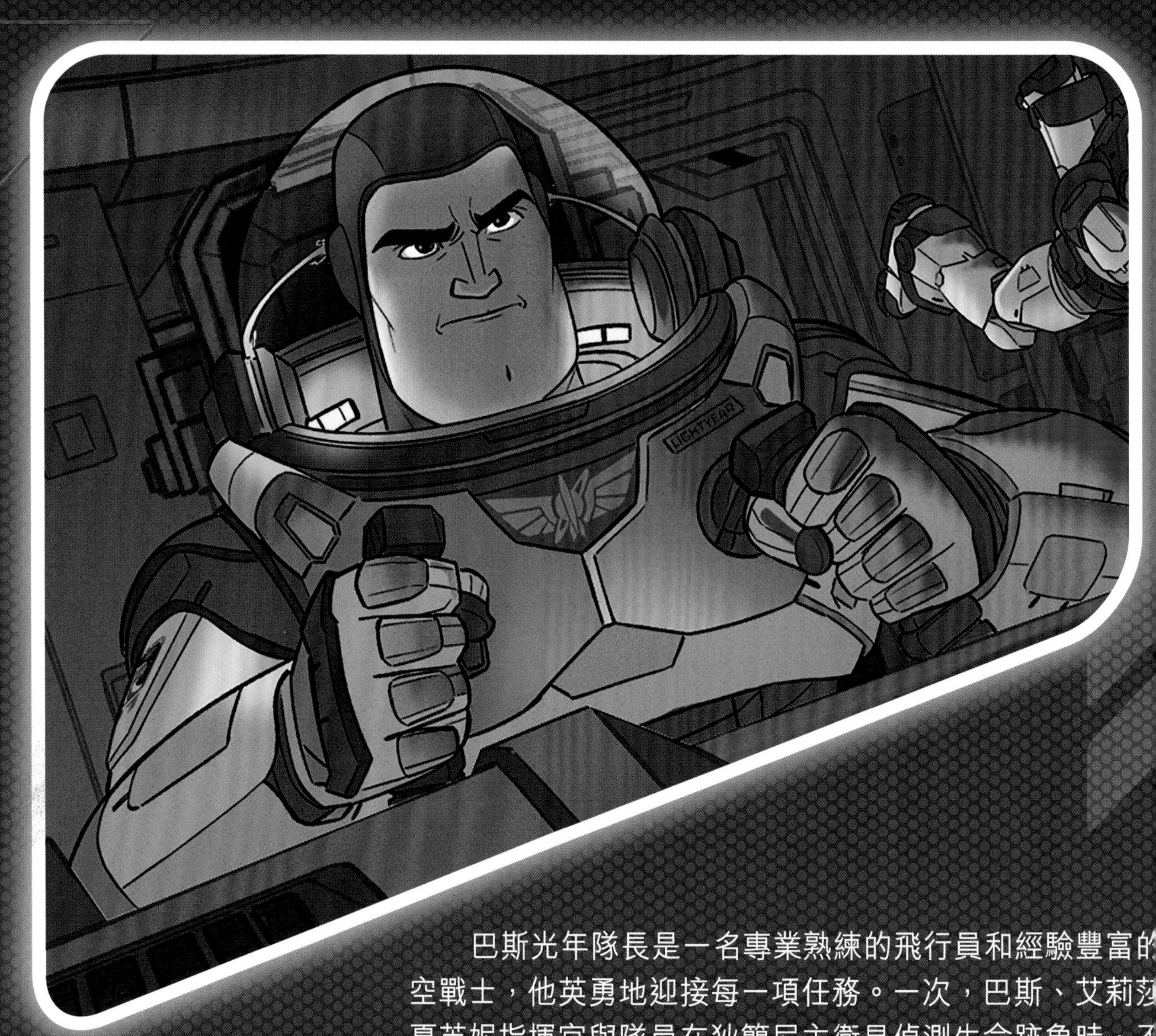

巴斯光年隊長是一名專業熟練的飛行員和經驗豐富的
空戰士，他英勇地迎接每一項任務。一次，巴斯、艾莉莎
夏芙妮指揮官與隊員在狄簡尼主衛星偵測生命跡象時，不
被困。面對這個窘局，巴斯把責任歸咎自己，並心切讓所
人安全回家，但一路上他碰到了很多困難，還遇上太空機
人軍隊，甚至受到時間膨脹的逼迫！巴斯最後能否拯救所
人？還是他獨來獨往的處事方式會令任務失敗告終？

艾莉莎．夏芙妮

簡單來說，艾莉莎．夏芙妮指揮官是一位出色絕頂的太空戰士。每個人都尊敬她，尤其是她最好的朋友——巴斯光年隊長。巴斯希望自己在各方面都可以像艾莉莎一樣優秀。當他們被困在狄簡尼主衞星時，艾莉莎擔任指揮角色，領導眾人維修可以載他們回家的太空船。當巴斯為拯救所有人進行一次又一次試飛時，艾莉莎充當了他的指路明燈。

襪仔

襪仔看上去是一隻超級可愛的貓，但實際上他是一個機械伙伴。他是在一次巴斯完成任務後艾莉莎贈予他的禮物。他的主要工作是哄巴斯高興。雖然襪仔有時不認同巴斯在衝動下作出的決定，但他總是願意用不同的小發明去幫助巴斯。聰明絕頂和足智多謀的襪仔不但擔當了巴斯的副手，更成為了他意想不到的朋友。

卡爾．潘西迪

卡爾．潘西迪指揮官在狄簡尼主衞星長大，他並不在意隊員是否能順利回家。當他擔任新指揮官時，他要求巴斯和其他隊員全情投入新任務——建設激光保護網，以保護太空司令部，令所有人遠離星球上的種種危險。

初級極速巡邏隊

小絲・夏芙妮

小絲是初級極速巡邏隊的隊長，這個隊伍由幾個技術還未成熟、正在接受訓練的新兵組成。小絲年紀輕輕，渴望證明自己，並想成為保衛狄簡尼主衞星的一員。她真正的夢想是像祖母艾莉莎一樣，成為太空戰士。但那有一個問題——小絲是懼怕太空的！

毛里斯・摩力臣

阿毛是小絲在初級極速巡邏隊的同伴。他有點缺乏方向感。他希望能在初級極速巡邏隊找到屬於自己的位置，但他不喜歡衝突，也不喜歡冒險，他寧願袖手旁觀，也不果斷行事。可是，當巡邏隊與巴斯聯手行動時，阿毛必須作出選擇——他要置身事外，還是主動出擊拯救隊友？

黛比・央蒂

與阿毛相反，同是初級極速巡邏隊成員的黛比性格反叛。她因為法院命令才會來到巡邏隊服務——看來她在監獄呆過一段時間！黛比從來不依照指示做事，並熱衷於研究爆炸品。雖然她看起來很粗魯，但正正是小絲隊伍中鐵三角之一。

驚駭可怕的敵人

索克

一股邪惡的力量降臨在毫無戒備的狄簡尼主衛星上，勢力強大的索克指揮着一隊勢不可擋的機械人部隊。索克從來只執着一件事——抓走巴斯光年。他為什麼要這樣做？索克的最終目標是什麼？巴斯和初級極速巡邏隊能否及時制止這個強大敵人？

索克機械部隊

索克機械部隊的存在，只為了效忠索克和執行每個索克突發的命令。這些機械人忠心耿耿，在狄簡尼主衛星上只有一個任務：找出巴斯光年的位置，並將他帶到索克的太空船上。他們絕不會讓任何人或事阻止他們服從命令。

「太空戰士……」
「……一飛沖天。」
——艾莉莎．夏芙妮指揮官、
巴斯光年隊長

距離地球420萬光年……
正在靠近狄簡尼主衛星。
「巴斯光年任務日誌，
星際日期：3901。」
「探測器偵測到一
個未知星球上有潛
在的生命跡象，我
們現在繞道前往調
查。」
「太空戰士將進行初步評估，
再評定是否需要把科學團隊從
超睡眠中喚醒過來。」
「我會進一步探
索這顆奇怪星球
的特性。」

地形似乎不太穩定，而且未有讀數顯示空氣是否適合呼吸。
這裏也沒有跡象顯示有智慧生命。
你在跟誰説話？

你又喃喃自語了。
沒有。
我沒有，我只是在記錄任務日誌。

你知道沒有人會聽的。
我知道，但自言自語能令我集中精神。

夏芙妮指揮官，如果我打擾到你的話，我很樂意回去「大頭菜」上等你。
請別叫它大頭菜。

但那艘太空船真的很像棵根莖蔬菜。
不要説了，你在設計審查會上已經説得夠清楚了……
在巴斯與夏芙妮指揮官探索的同時，藤蔓動起來了，並慢慢包裹起太空船。

你是什麼時候知道我會自言自語的？
從一開始就知道了，那時我們還是受訓學員。
説起這個，你忘記了帶新兵過來。

呃……夏芙妮
指揮官，你知道我不
喜歡新兵的。
他們幫不上忙，
我倒不如自己完
成任務。

所以我才帶
新兵過來。
你好。

子吧，
贏了。
你聽着，菲達……
菲達榮……菲達……
長官，我叫菲達榮·咸史頓。

新兵，你聽着。第一，
沒有人跟你說話時，你
不要說話。
是的，
長官。
你仍然在說話。第二，
尊重你的制服，這套制
服很有意義。
它不但保護你的
身體，還保護整
個宇宙。
它代表一個承諾。一旦
穿起制服，就代表你承
諾永不放棄完成任務。

夏芙妮指揮官，
由我和你完成這項
任務。
呃？
你仍然在
說話。
任何時候，我都
知道你在想什麼，
知道你在哪裏。

但對着這個人，
我全不知道……

他去了
哪裏？
你看，這正正
就是我想說的。
他幫不上忙，
還走散了。

突然……
有藤蔓！
有巨蟲！
我們的太空船
正在下沉！
所有人回到
大頭菜上！
在途中，巴斯和夏芙妮指揮官雙劍合璧，清理路上遇到的障礙。
巴斯發現新兵不在太空船上。接着，他聽到求救聲。
救命啊！
救救我！
新兵！
嗞嗞嗞

拋給我！

憑着多年合作無間的經驗，夏芙妮指揮官完美地拋出了激光槍……

巴斯成功逃出了藤蔓陣！

太空戰士們迅速回到了大頭菜上……
我去機房！
我去駕駛艙。
我去……
你什麼都別做！我會處理！

巴斯跳上了駕駛座位上……
我可以如何協助你？
哎，原來是自動導航。
長官，有沒有什麼我可以幫忙的？
正當新兵出現，巴斯關掉了自動導航系統。
沒有！完全沒有！這次不是模擬駕駛！

所有系統運行起來，大頭菜順利起飛！

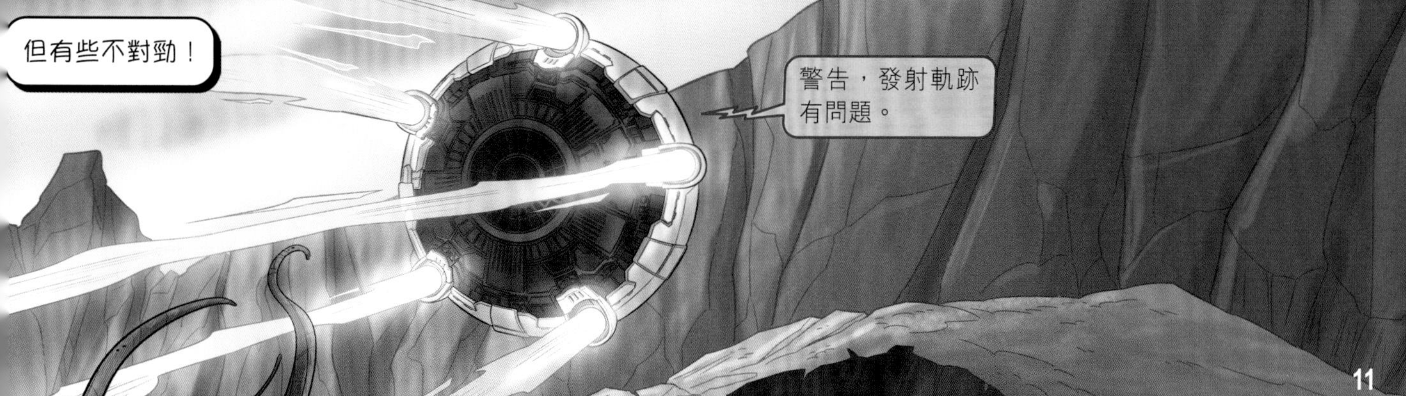

但有些不對勁！
警告，發射軌跡有問題。

光年隊長？你確定不需要任何幫忙嗎？
我是巴斯光年，當然不需要你的幫忙。
太空船向着一座山飛去。雖然看起來巴斯能避過它，但大頭菜還是刮到了山邊……
砰砰砰

巴斯設法讓大頭菜着陸。
嚓嚓嚓

過了一會兒……
壞了，我們的超光速晶體徹底損壞了。
我們被困住了。
夏芙妮指揮官，我在此退出所有太空戰士任務。
我做錯了，你們不應因我受困。

完成任務吧，這是我們應該做的事。在所有人回家前，我們不要放棄。
但我們沒有能源晶體。
那麼我們就在這星體挖掘原料，製造新的晶體……

「……然後測試它。」
巴斯光年任務日誌，星際日期：3902在被困整整一年後，我們終於進行首次超光速試飛。

光年隊長，
準備好了嗎？
我準備好了，
隨時候命。

太空戰士……
……一飛沖天！

光年隊長！
戴瓦斯二等兵，
準備好起飛了嗎？
準備好了，就
等你，長官。

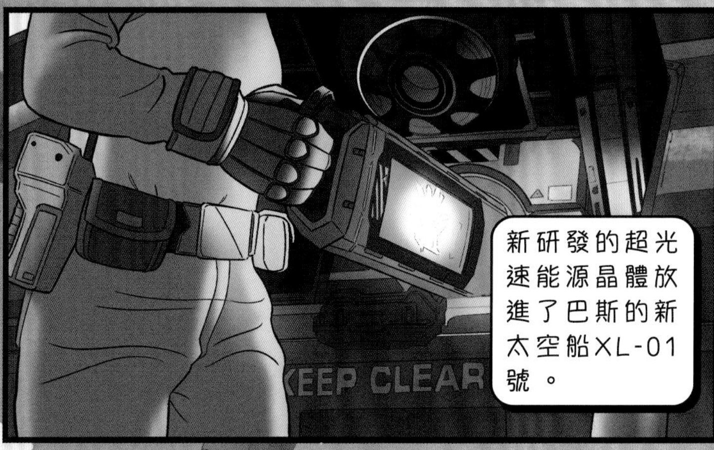
KEEP CLEAR
新研發的超光
速能源晶體放
進了巴斯的新
太空船XL-01
號。

XL-01號
呼叫指揮中心，
收到嗎？
收到，
XL-01號。
你有四分鐘離開
星球，然後你要
立刻回來。

這是命令。
收到。超光速，
我準備好了。
三……二……一……發射。
隆
隆
隆

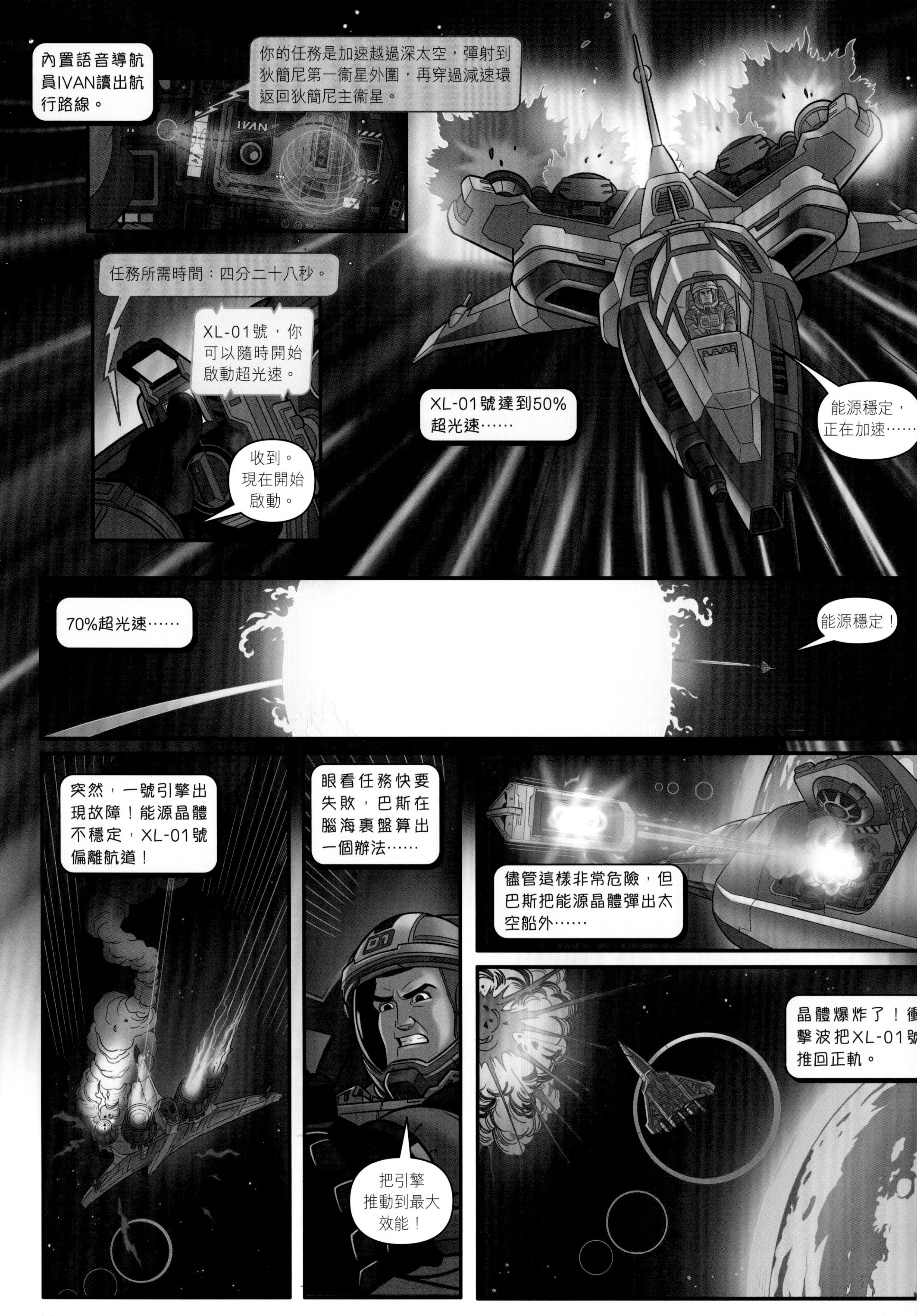
內置語音導航員IVAN讀出航行路線。
你的任務是加速越過深太空，彈射到狄簡尼第一衛星外圍，再穿過減速環返回狄簡尼主衛星。
IVAN
任務所需時間：四分二十八秒。
XL-01號，你可以隨時開始啟動超光速。
收到。現在開始啟動。
XL-01號達到50%超光速……
能源穩定，正在加速……
70%超光速……
能源穩定！
突然，一號引擎出現故障！能源晶體不穩定，XL-01號偏離航道！
眼看任務快要失敗，巴斯在腦海裏盤算出一個辦法……
01
把引擎推動到最大效能！
儘管這樣非常危險，但巴斯把能源晶體彈出太空船外……
晶體爆炸了！衝擊波把XL-01號推回正軌。

巴斯成功返回主衛星上，但超光速測試以失敗告終。

當巴斯從XL-01號下來時……
指揮官，你還好嗎？
哇！戴瓦斯？你怎麼長鬍子了？

哦，是呀。歡迎回來……
等等……這是什麼？我離開了多久？
四年兩個月零三日。

幾分鐘後……
巴斯，我們還以為失去你了。
艾莉莎……發生什麼事了？
是時間膨脹。

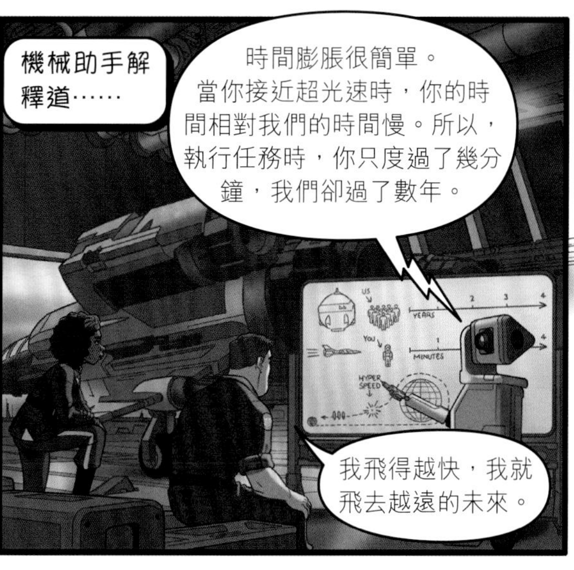
機械助手解釋道……
時間膨脹很簡單。當你接近超光速時，你的時間相對我們的時間慢。所以，執行任務時，你只度過了幾分鐘，我們卻過了數年。
我飛得越快，我就飛去越遠的未來。

艾莉莎帶巴斯回家，並告訴他這四年間發生的事……
我訂婚了！
嘩！這……這太好了！對象是誰呀？

是科學部的隊員。有趣的是，要不是我們被困，我們就不可能遇見了。

恭喜你，我很想見見這個人。
機會多的是。你現在先去休息，這是命令。

巴斯回到住所時，看見一個奇怪的包裹。
咦？

巴斯，你好。我是襪仔，你的私人機械伙伴！
我的什麼？
我是由太空司令部派來的，幫你緩解這次任務帶的情緒變化。

感應器顯示你錯過了四個生日。想吃蛋糕補祝嗎？
不想。

不如談談你的感受，我非常善解人意。
不要，不要。你看，這天發生了太多事，都不是在我預期之中。

任務失敗了嗎？
失敗了。
噢，真遺憾。

我們玩個遊戲好嗎？
襪仔，你聽着，我很累了，我要睡覺。

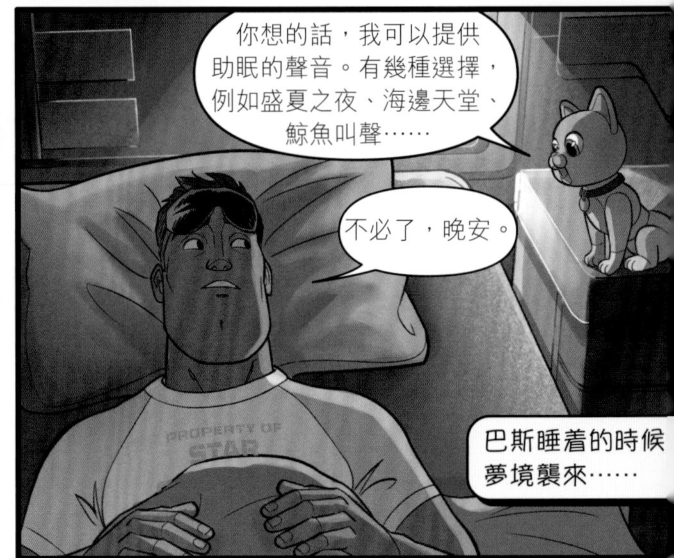

你想的話，我可以提供助眠的聲音。有幾種選擇，例如盛夏之夜、海邊天堂、鯨魚叫聲……
不必了，晚安。
巴斯睡着的時候夢境襲來……

隊長，你需要
的幫忙嗎？
不要，我做
得到！

巴斯？

你確定嗎？
HAWTHORNE

我做得
到！
感應器顯示你
做了惡夢。你想
説出來嗎？
PROPERTY OF
STAR
COMMAND

不想。
知道了。但請你
記住，我的任務是
要幫助你，我不會
放棄我的任務。

襪仔，你知道
嗎？我也不會放
棄我的任務！

這非常好！我可以
做些什麼幫你嗎？
好吧……

你可以修理
這個能源穩
定器吧。
當然可以。

你預計什麼時
候回來呢？

大約四年後。
STAR COMMAND
XL01

等等！
你不要去。
指揮官，這是我的錯，我需要去彌補。
我們再想想其他方法吧。
想什麼？我們是太空戰士，我們需要完成任務。

好吧，重新穿上這套制服也是好事。人們開始忘記太空戰士的輝煌時刻了。
我會捲土重來的。

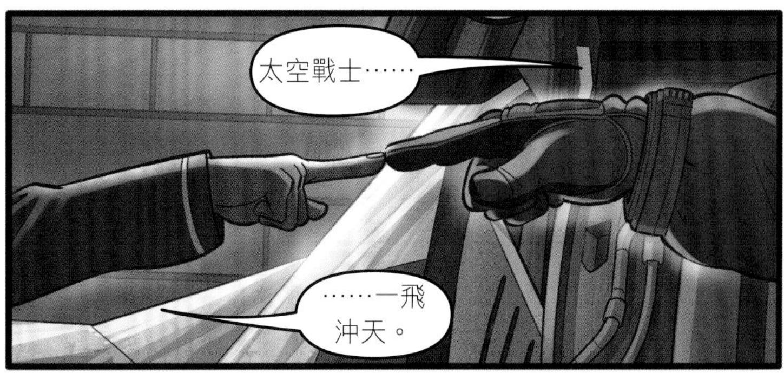
太空戰士……
……一飛沖天。

巴斯開始第二次飛行試驗，測試新的能源晶體能否達到超光速。
開始時一切順利，但是……
不穩定
問題還是出現了。

XL-02號回到狄簡尼主衛星上……

巴斯面對第二次殘酷的現實。

第二個四年過去了，艾莉莎懷孕了。巴斯很意外，但也替她高興。

為了糾正錯誤，巴斯再度試飛，結果還是失敗了。

但巴斯屢敗屢試，失敗動搖不了他的決心。
可惜單憑決心不能解決問題。

巴斯一次又一次試驗能源晶體，想把所有人帶離狄簡尼主衛星。年復年過去了，巴斯為了他錯過的時間感到失落。

屢試……屢敗……

經歷多次試飛，很多年以後的一天，巴斯來探望艾莉莎。艾莉莎的辦公室清空了，但巴斯找到她的錄像留言，他打開來看。
巴斯

巴斯，你一年或兩年後會回來這裏，可是……
我不會了。
我時常以為我們有機會繼續當太空戰士。我想念……所經歷過的一切，但我更想念的是你。

祖母！
寶貝，我正在留言給我的朋友巴斯呢。

她是我的孫女，小絲。
我將來也要當太空戰士！
就像他一樣？

就像你一樣。

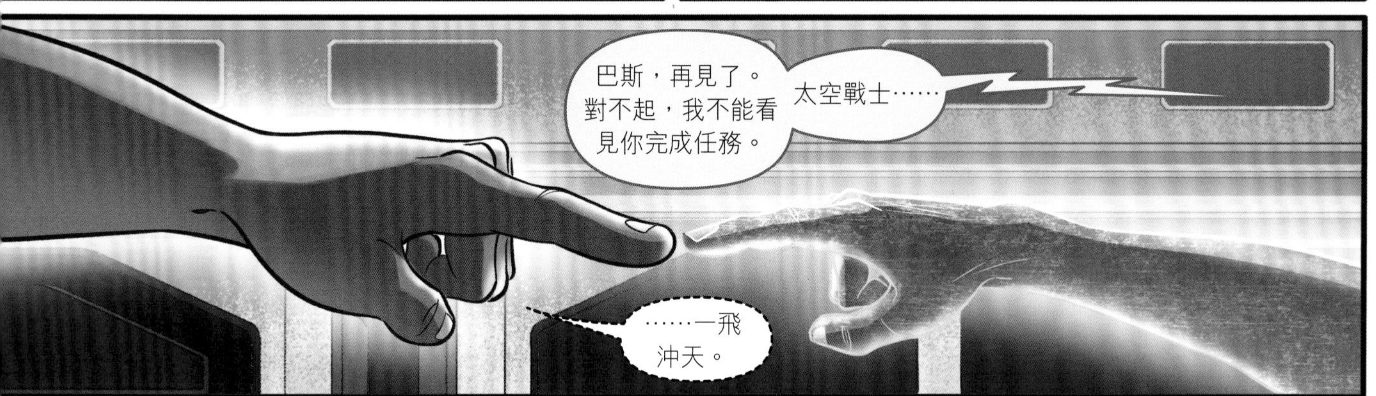
巴斯，再見了。對不起，我不能看見你完成任務。
太空戰士……
……一飛沖天。

突然……
不好意思，打擾一下，我正準備搬進我的新……
什麼？是巴斯光年真人！

我是卡爾·潘西迪指揮官。
從小就是你的超級粉絲。
我期望與你合作，帶大家離開這裏。

呃……沒有人告訴你嗎？
告訴我什麼？
我們將終止這個計劃。
XL01

我們決定留在這裏。
我們會建設激光保護網。
LIGHTYEAR

它會將所有生物阻擋在外，而我們就留在裏面，自給自足地過活。
留在這裏？
LIGHTYEA
BURNSIDE

指揮官，你不明白。我能帶你們離開這裏。
潘西迪
你還有這個信念真的很好。但我們不需要了，我們有激光保護網。

稍後，在巴斯的房間……
巴斯，我有好消息。

我找到能源有問題的地方了。
什麼？
這裏有個能源組合，只因為一個微小的差距……

就導致結果完全不同！
襪仔，你用了多少時間找出問題？
六十二年七個月零五日。

這穩定嗎？
理論上是穩定的。
嗞
嗞

隊長，晚安。我們要帶走你的機械伙伴。
你說什麼？
是基於保安要求。計劃終止了，我們要收回這隻機械貓。

等一等，至少讓我親自送回去。

一會兒後……
咔嚓

砰砰

警衛衝進房間時，沒有看到巴斯和襪仔，他們早就逃跑了。

巴斯，我們去哪裏？
我們去太空。

什麼？

巴斯來到發射站，決心要完成任務。
喂！你無權進入這裏！

嗦

原來你還懂得這樣。
你有五分鐘時間。

巴斯用襪仔的新配方，把能源混合好。
弄好了！

能源放進去XL-15號。
速到基地，基地有入侵者。
唉！

太空船內……
你好，我是你的內置語音導航員。
IVAN，別作聲。

我叫IVAN。
噓……你聽到聲音嗎？
指揮中心，偵測到XL-15號上有活動跡象，準備探測。

巴斯啟動發射程序……
XL-15號，我是潘西迪指揮官。你正違反太空司令部守則，立即停止行動。

指揮官，是光年隊長。

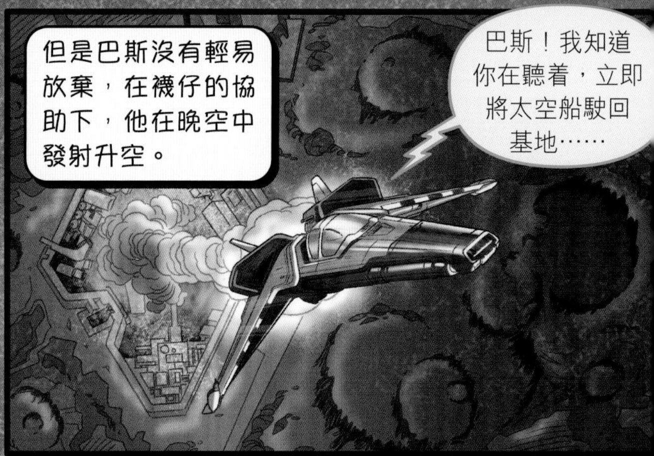

巴斯關掉無線電通訊器。

襪仔，我們要衝破超光速的障礙，帶所有人回家！

呯嗒

XL-15號開始加速……

巴斯終於做到了！
100%超光速。
太空船穿過了幾個星環減低速度，再降落於狄簡尼主衛星上。
你達到超光速了。
襪仔，我們做到了。
巴斯，恭喜你。
但剛才真的很驚險，我有些後悔和你一起行動。
重重着陸後……
嘶嘶嘶

襪仔，謝謝你這麼多年來的幫助。

確定能源晶體安全後，巴斯呼喚太空司令部……
呼叫太空司令部。
他們為什麼不回答？

正當巴斯準備探測四周，他被推倒在地！
誰？
噓！有機械人！

等等！他在幹什麼？

我的太空船！

去了哪裏？
在上面。

XL-15號被帶上巨型太空船後，
回復了原狀。

機械人離開
L-15號後，
啟了一個怪
密室……

可怕的事情發生了。
那個機師
在哪裏？

狄簡尼主衛星上……
他們一定
都看到你
降落了。
誰？
那些機
械人。

為什麼會有機械人？
他們是從哪裏來的？
你是從哪
裏來的？

我是從這裏
來的。
等等……
你是巴斯？

你是艾莉莎？
不，艾莉莎是我
的祖母。我是小絲。

等等，你還
是個小女孩……
襪仔，我們
走了多久？
二十二年十九
星期零四天。

就在這裏，我就是在這裏聽到聲音的。
機械人的聲音？
對。

厲害！
我可是夏芙妮家族的人！

沒錯！你知不知道，我與你祖母是心靈相通的。
是最佳拍檔。
如果你像她的話，我們一定也會……
打得機械人落花流水。

告訴我多點有關他們的事。
索克？
大約一星期前，索克太空船來到這裏。
那些機械人只懂得説這兩個字，所以我們跟着叫那艘巨型太空船做索克。
那些機械人包圍了基地……
各位狄簡尼主衛星居民，剛才有外星機械人攻擊我們。

我們現正啟動激光保護網。
他們所有人曾把希望放在我身上，現在都被困住了。
我們嘗試聯絡過他們，但是這裏沒有訊號。

你預備好立刻行動了嗎？我們就差一個機師。
要做什麼？

我有一個計劃，也有一個團隊。
跟我來吧

小絲帶巴斯來到他們
的基地分部……
隊友，
集合！
地分部裏，巴斯見到了小
的隊員：阿毛和黛比。
我找來了一個飛行
員，驚喜派對行動
正式開展！
我喜歡這個優秀
的團隊，全是精
英中的精英！
重溫一次我們
的目標吧！
殺光機
械人！
要活着
回來！

我們只有一個目
，就是將晶體放
大頭菜，然後從
這裏逃出去。
但我們要先破壞
索克太空船。
也要把
機械人都
殺光。

我們發現陸地上
的機械人都由索克
太空船操縱。
因此，我們要
飛上天，把大
船炸毀……

然後才可以把晶體
放進大頭菜……
那就完成
任務。
這是個好
計劃。

我們為穿山甲號
裝上彈藥，準備
好作戰。
巴斯，你
聽到嗎？

我聽到些聲音。
會是機械人嗎？
不會的，我們從未
過機械人去到距離
地那麼遠的地方。

突然……
噼哩啪啦

機械人準備運
送巴斯去別的
地方！

巴斯剛好避過了。

別怕！
初級巡邏隊
做你後盾！
初級什麼？

嗞嗞嗞
轟隆

斯嘗試了很多
逃脫都失敗，
況並不樂觀，
至……

射中了嗎？
射中了！

同時，在上空盤旋着的太空船……
吼
有一個盛怒的人影在很多機械人士兵面前踱步……
他決定親自解決這件事情。
嗦嗦嗦
在基地分部……
你們是什麼人？
我們是初級巡邏隊——一隊志願訓練兵。我們每個月會在這裏受訓一星期。
上星期機械人出現時，我、阿毛和黛比是最早來到的。
於是我們策劃了這個驚喜派對行動。

初級巡邏隊告訴巴斯在哪裏可以找到太空船。但巴斯離開這裏太長時間了，他完全不知道應該怎樣去！

巴斯找到了他的舊戰衣！
非常合身！
你們在這裏做什麼？這裏很危險！
你拿走了我們的車匙。

噢，原來在這裏。
哐
啷

鑰匙跌在地上，外面的汽車警報響起來……把昆蟲吵醒了！
嗶
嗶
嗶
開門……
快點開門！

昆蟲猛烈撞門時，小絲看到其他太空戰衣，她頓時生起一個想法……
我們可以穿上戰衣，使用隱形模式走出去。

幾分鐘後，巴斯向大家介紹戰衣……
太好了，隱形模式就是這麼有用。
巴斯把能源晶體放進穿山甲號，將武器充好彈藥，走進船艙時，所有人的隱形模式都失效了！
不幸的是，小絲、阿毛和黛比還在倉庫！
等等，我看得到你。
我也看得到你！
那些蟲看得見我們！

這出乎巴斯所料，但幸好小絲帶領隊員安全登上穿山甲號！
大家繫好安全帶。

轟轟
嗖嗖

巴斯甩走巨蟲，太空船衝往太空！

小絲看向穿山甲號的窗外，望到了上面的太空。
小絲，你怎麼了？
她懼怕太空。
什麼？

準備帶初級巡
到某處安置
才繼續他的任
此時……
小心太
空船！
嗞
嗞
嗖
嗖
啊！
穿山甲號被擊中了，巴
斯盡力將太空船降落在
星球上漆黑的一端。
抓緊！降落
不太平穩！
轟
轟
巴斯先確保每個人沒事，然後再
檢查穿山甲號。
襪仔，
給我損毀
報告。
檢查中，
請等等。
我不幹了。晶體
終於得到了，這
一切早應結束。
但我在説什
麼笑話？我根本
不需要晶體。
我需要的是時
光機，我要逃離這
個爛攤子。
襪仔只偵測到一些輕微損
壞。而小絲發現了採礦工
地，他們可以在那裏找到維
修需要的物料……
不要放棄，我
有新計劃！
不愧是夏芙
妮家族的人！
我們去那裏找
材料吧！

不久之後……
巴斯光年任務日誌：為了維修太空船，我們需要尋找方法進入這個指揮中心……

做得好。

所需的電線應該在這裏。

找到了！
但是，阿毛不小心碰到了一個按鈕……

安全系統啟動。
哎呀！
慘了！我們困在安全區！

為了關閉安全區，巴斯和其他人必須合力撞破電箱，直至……

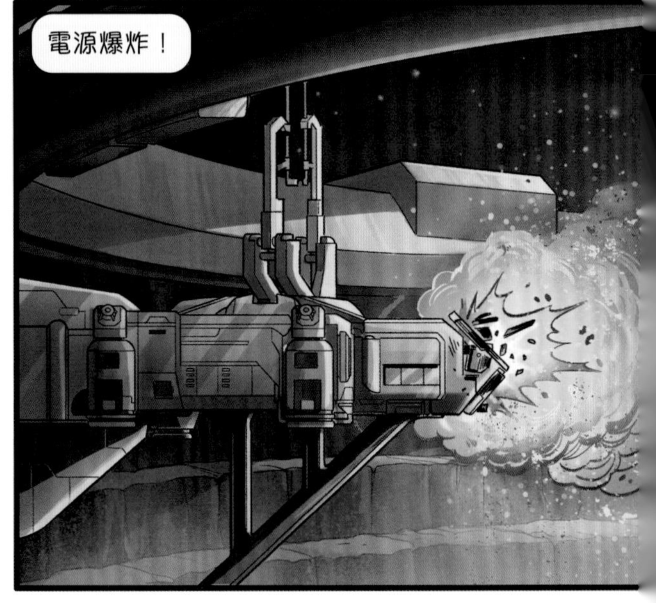
電源爆炸！

死裏逃生後，
巴斯和隊員聚
在一起……
我差點害
死大家。
這只是個失誤罷了。
巴斯，你說對不對？

我剛開始受訓時，
我也不是……做得
很好。
每一天我都搞
砸，我差點就要
退出……
但是小絲的祖母
在我身上看到潛
質，所以我也開
始發掘它。

怎麼了？
她相信我能
修補自己犯下的
錯，這個想法讓
她失去所有。

錯了。她有我爸爸和我，她還有
所有的朋友。她在這衛星上度過
了完整的人生。巴斯，其實我們
都是這樣，除了……你。
我們希望再度成為
太空戰士，我們想盡展
所長，發光發亮。
相信我……她是
個發光發亮的人。

他們準備離開
時，巴斯思考着
小絲的話……
我們將這個
零件放進太空
船，然後離開這
裏，這樣任務就
完成了。

突然……
轟隆轟隆

他追着我！你們快回太空船去！
巴斯引攻擊他的人到礦場的另一邊，讓初級巡邏隊準備太空船。
攻擊巴斯的人越追越近！
噼哩啪啦
巴斯走頭無路……
巴斯……
你怎麼知道我的名字？
跟我來。

在巴斯反應過來前，他的朋友趕來幫助他！
嗞嗞
13
PLASMA DRILLING UNIT

他們一行人回到穿山甲號，巴斯突然改變主意。
驚喜派對行動重新開始！
什麼？和我們一起？
難道要我獨自完成整個任務嗎？

但我們還是起飛不了，我需要五分鐘時間來安裝電線圈。

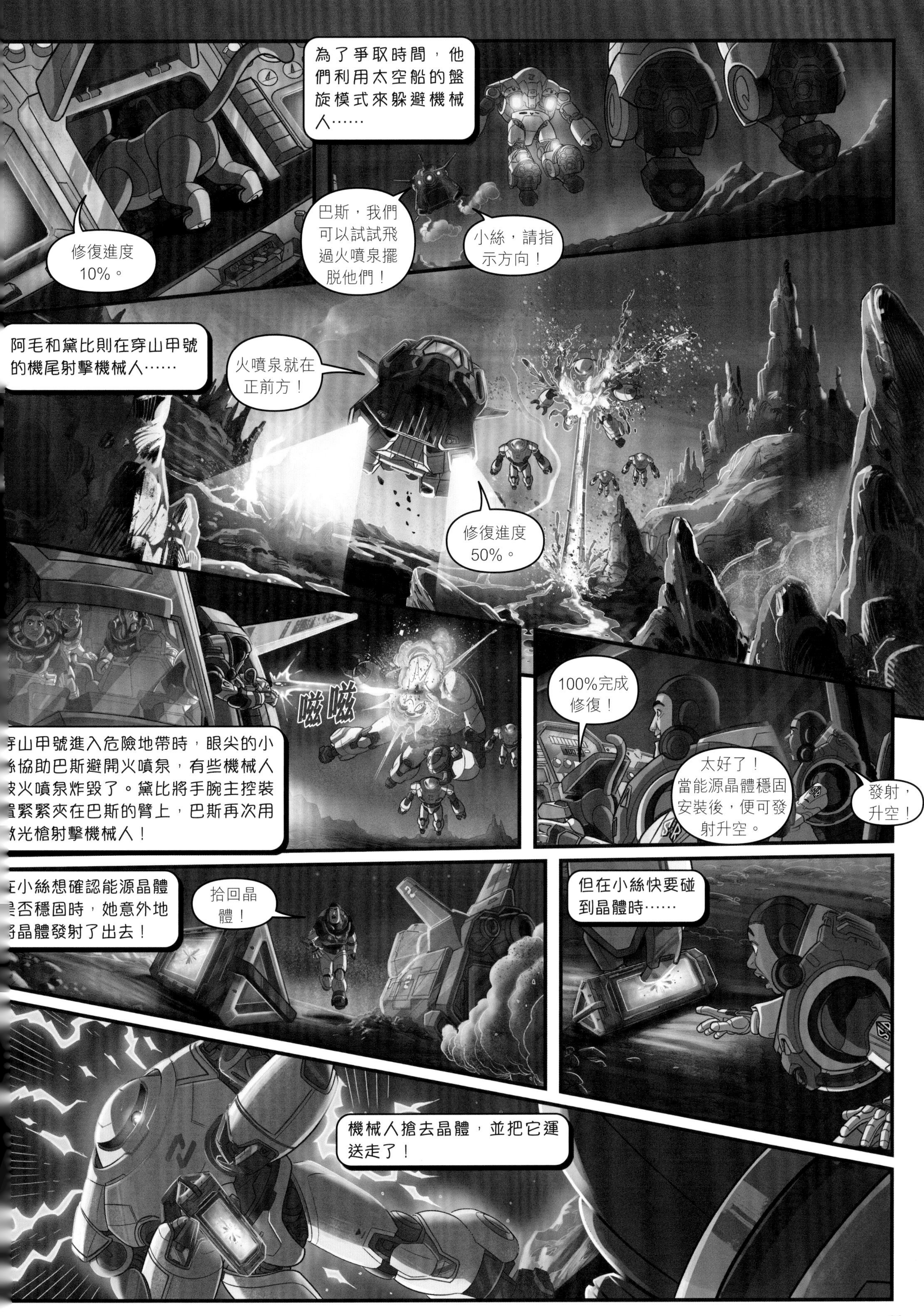

為了爭取時間，他們利用太空船的盤旋模式來躲避機械人……
修復進度10%。
巴斯，我們可以試試飛過火噴泉擺脫他們！
小絲，請指示方向！
阿毛和黛比則在穿山甲號的機尾射擊機械人……
火噴泉就在正前方！
修復進度50%。
嗞嗞
穿山甲號進入危險地帶時，眼尖的小絲協助巴斯避開火噴泉，有些機械人被火噴泉炸毀了。黛比將手腕主控裝置緊緊夾在巴斯的臂上，巴斯再次用激光槍射擊機械人！
100%完成修復！
太好了！當能源晶體穩固安裝後，便可發射升空。
發射，升空！
在小絲想確認能源晶體是否穩固時，她意外地將晶體發射了出去！
拾回晶體！
但在小絲快要碰到晶體時……
機械人搶去晶體，並把它運送走了！

唉。
對……對不起。所有事情發生得太突然，我……我出錯了。

唉。
但是事情還未完結的，對不對？我們還能做些什麼補救！

沒有什麼可以做了。任務……已經完結。

當巴斯一個人走開時……
巴斯！
噝 噝 噝 噝

一秒後，巴斯和攻擊他的神秘人在索克太空船上出現。
嚓
嚓
我們在哪？你是誰？
你很想知道吧？
狄簡尼主衛星上……
我搞砸了一切！
這只是個小錯誤。
我不配是夏芙妮家族的人。
我應該像我祖母一樣優秀。
但巡邏隊沒有自怨自艾的時間了，他們看到索克太空船飛到太空中。
巴斯？

索克太空船上……
我是索克。

巴斯，我們可以做個交易。這個晶體是所有事的關鍵。

索克給了巴斯一個機會，就是用能源晶體回到過去……這樣的話，巴斯、夏芙妮指揮官和其他人就從來沒有被困在狄簡尼主衛星上了！
來吧，協助我把晶體放進引擎。

但巴斯有些猶豫。
我們……可能需要再考慮一下。
還要考慮什麼？

巴斯清楚知道，回到過去意味着……艾莉莎不會遇到她的伴侶，她不會有孩子，小絲也不會存在。
夏芙妮指揮官在那裏度過了一生。

你去哪裏？
對不起，我要回去了。

噠
巴斯，抱歉，你不能離開。

火簡尼主衛星上，穿山
甲號沒有了能源，小絲
和隊友被困於此……
HAWTHORNE
我完全追蹤不到巴斯，他離我們太遠了。

就在所有希望都似乎落空時，小絲發現穿山甲號上面有些東西。
大家快來看看這裏面！

什麼？
快點上船吧！
我們去哪裏？

我們要去太空。
啪

嚓
嚓
嚓

在索克太空船上，巴斯成功從機械人手中逃脱……
我要摧毀這艘太空船。要這樣做的話，我先要去艦橋！

索克太空船上的某處……
驚喜派對行動現在開始！
你去救巴斯吧！
我負責偵測巴斯身上的軍牌晶片。

襪仔和小絲出發了，阿毛和黛比留在這裏守護穿山甲號，以免被機械人攻擊。
來吧！
這個是捷徑，我們可以用它回來這裏！

同時，巴斯到達艦橋。
IVAN，兩分鐘後啟動自我毀滅程序。
收到，自我毀滅程序倒數即將開始。

突然……
停止！

告訴我晶體在哪裏。

當索克與巴斯對峙時，襪仔帶着小絲來拯救巴斯……
喵喵喵！
他一定在這邊！

當小絲望出窗外，她對太空的恐懼湧上心頭。
啊……太空太大了。
我要保持鎮定……

咦，訊號明明說巴斯離這裏只有五十米距離。
他就在那裏！

艦橋上……
巴斯，你還是乖乖聽命吧。
啪

人工地心吸力意外關掉，能源晶體因此浮了出來，被索克看到……
哎呀！
哈哈！

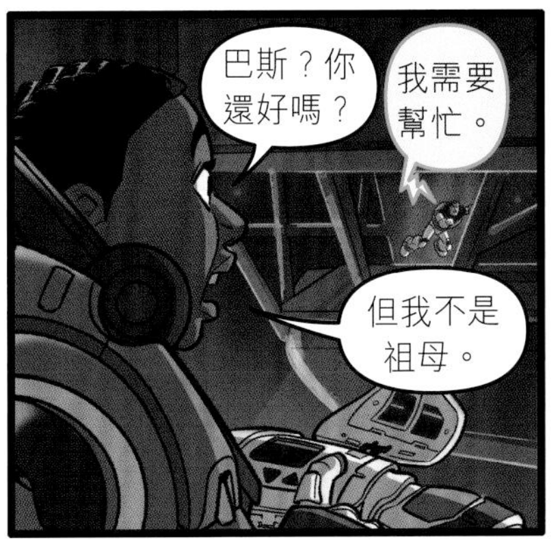
巴斯？你還好嗎？
我需要幫忙。
但我不是祖母。

小絲……我不需要你的祖母，我需要你來幫我。

聽到巴斯的話後，小絲鼓起所有勇氣。
她與襪仔踏入氣閘，穿過太空拯救巴斯。

向前看！當你踏出船艙，你就會向前走。
如果方向錯了怎麼辦？
不會出錯的。

在船上，自我毀滅程序繼續倒數，巴斯和索克正在為搶奪晶體而戰……
巴斯比索克早一步搶到了晶體！

在太空船自我毀滅前十六秒，巴斯逃脫在望……

但是，索克重新啟動地心吸力，並停止自我毀滅程序倒數！
人手驅動模式啟動。
哈哈哈哈！

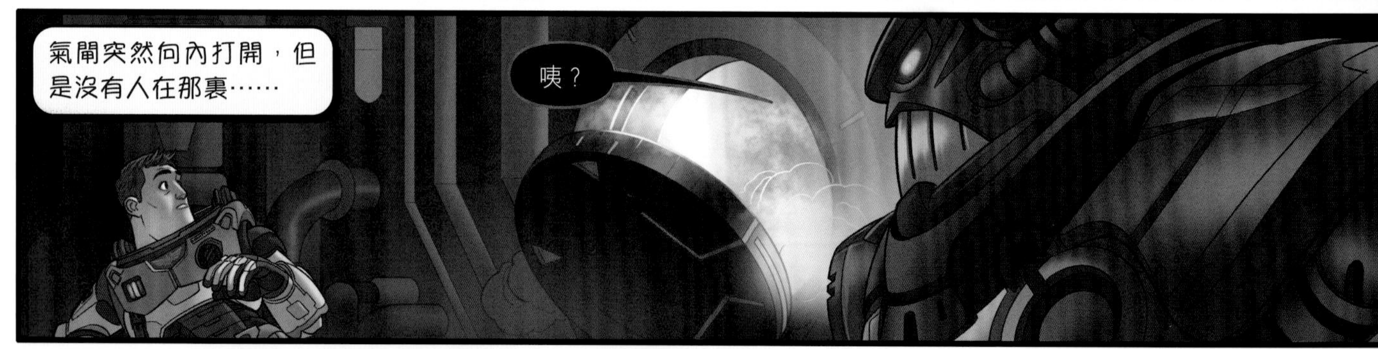
氣閘突然向內打開，但是沒有人在那裏……
咦？

巴斯嘗試拾回他的激光槍，但是索克比他早了一步……
呃！

這時，小絲和襪仔以隱形模式出現了！
巴斯！

小絲拿起激光槍，精準無誤地拋向巴斯。
接住！
巴斯接住了激光槍……
將自己從索克的束縛中解救出來！
砰
來吧，我們離開這裏！
我們要炸毀這艘太空船！
沒有時間了！我們做不到！
我們做到的。
砰砰
LIGHTYEAR
自我毀滅程序倒數，10……
IVAN？
9……
8……
嗞嗞嗞嗞
IVAN？

阿毛和黛比保護穿山甲號免受機械人攻擊，
同時間巴斯和小絲在太空船自我毀滅前四秒
把自己運送回去了。
嗞嗞嗞嗞
快上去！

可是，巴斯還未來得及將能
源晶體放進穿山甲號，索克
太空船就爆炸了！
轟隆轟隆

穿山甲號往一面傾側，並向狄簡尼主衞星的方向直衝，巴斯必須在太空船墜落之前拯救他們。他迅速跳上XL-15號……
並把能源晶體放進XL-15號……
然後向着穿山甲號前進！但是……有個小問題出現……

索克就在他身後！
你要去哪裏？

本來你可以利用這個晶體回到過去重新做人。
但現在，你只能恍如沒有存在過一樣……
受死吧！

巴斯把自己從XL-15號彈出來，並啟動了噴射背包。
你想得美，索克！
嗞
嗞
嗞
巴斯飛到太空中，看準時機用手腕的激光槍射擊能源晶體。晶體毀滅了！
巴斯奮力飛向穿山甲號，爆炸的力量正好助他一把。
穿山甲號上……
我們進入了主衛星的地心吸力。
我們是不是快要撞上衛星了？
恐怕是了。
突然……
巴斯！
巴斯嘗試利用噴射背包減慢穿山甲號的前進速度，但並沒有用。
我……我做不到。
沒問題的，我們做得到的。
你能保持太空船穩定嗎？
應該可以
巴斯盡力維持穿山甲號機身穩定……

同時，小絲和隊友負責操控太空船。
記住，輕力緩慢地把駕駛舵向後拉。
穿山甲號重新進入了狄簡尼主衛星的大氣層。
我們飛得太快了！
在阿毛的協助下，黛比出盡全力拉動空氣制動器……
穿山甲號做到了，準備着陸！
大家都沒事吧？
所有人都安全地踏出穿山甲號……
我剛才上了太空！
你的祖母會為你自豪。
毀掉了。
她也會為你自豪，一如以往。
但你一直想要回家……
等等，你的晶體去哪裏了？
很久以來的第一次……我感到家的感覺。

治安巡邏隊由潘西迪指揮官陪同下與巴斯見面……
巴斯光年！你帶着太空司令部的財產潛逃……
你偷走了一艘太空船，還拒絕了指揮官的直接命令。
我應該把你關起來！

但我另有計劃。
我們希望你成立一個新的太空戰士隊伍：宇宙防衛隊。

你可以重新成為太空戰士。
也可以在最優秀的極速巡邏隊中親自挑選隊員，依照你的意願去訓練他們。

非常感謝你，但是……
我恐怕要拒絕你了。

「我已經有自己的隊員了。」

巴斯和他的隊員走向新的太空戰士巡邏船，準備好保護銀河，對抗任何與銀河聯盟為敵的入侵威脅。

好了，太空戰士，我們出發。
太空戰士……
一飛沖天！
完

「恭喜你，巴斯。
但剛才真的很驚險，
我有些後悔和你一起行動。」
——襪仔

光年正傳（漫畫版）

改　編：Steve Behling
繪　圖：Disney Storybook Art Team
翻　譯：高君怡
責任編輯：黃稔茵
美術設計：張思婷
出　版：新雅文化事業有限公司
香港英皇道 499 號北角工業大廈 18 樓
電　話：(852) 2138 7998
傳　真：(852) 2597 4003
網　址：http://www.sunya.com.hk
電　郵：marketing@sunya.com.hk
發　行：香港聯合書刊物流有限公司
香港荃灣德士古道 220-248 號荃灣工業中心 16 樓
電話：(852) 2150 2100
傳真：(852) 2407 3062
電郵：info@suplogistics.com.hk
印　刷：中華商務聯合印刷（廣東）有限公司
廣東省深圳市龍崗區平湖街道鵝公嶺春湖工業區 10 棟
版　次：二〇二二年六月初版

ISBN: 978-962-08-8040-7

18/F, North Point Industrial Building, 499 King's Road, Hong Kong
Published in Hong Kong, China
Printed in China